アカンやん、ヤカンまん

作 村上しいこ

絵 山本 孝

BL出版

1　わたしのなまえは

ぼくは、スケッチブックに、
えを　かいていた。
ひとりごと、いいながら。
かあちゃんの、パワーに
かてるとしたら、こんなやつ。
そのなは、〝ヤカンまん〟。

はなから　ふき出《だ》す、いかりの　じょうき。
かおは　ヤカンで、からだは　ムキムキ。
けっこう　はでな　ふくきてて、
みどりの　T《てぃー》シャツ、まっかな　ズボン。
きいろと　くろの、しましま　マント
ひるがえし。
ひっさつわざは『せっきょうがえし』。
いわれたら、いいかえす。

ヤカンまん

するとそこへ、
いもうとの、あかりがやってきた。
「おにいちゃん、わたしにもかかせて」
どうせ、ぐちゃぐちゃにかくの
わかっているから、
「ぼく、もういいから、
ひとりでかき。そのかわり、
あとかたづけしといてや」
いいのこして、へやを出《で》た。

ところが、ばんごはんの　ちょっとまえ、
「こら、しょうた。こっちへ　おいで！」
かあちゃん　どなると、
ぼくのうで、ぐいぐい　ひっぱる。
ぼくのへやの　ドアをあけて、
「これ　見《み》てみ。かたづけせんと、
ほったらかしやないの」
ほんまや。また　えらいちらかして。

スペ

ぼくとちゃう。

あかりやって、いいたかったけど、
なにもいえない。

「ごはんまでに、かたづけるんやで」

「うん、わかった」

けど、どこからやったら　いいのかな。

クレヨンは、ばらばら。

青《あお》いろと　きいろは、おれて　まっぷたつ。

まねしてかこうとしたんやろ。

どうぶつずかんも、
こんちゅうずかんも、
ひろげたまま。
モデルにつかった
にんぎょうも、
さかあがりに　しっぱいして、
てつぼうから　おちたみたい。
足《あし》　だいじょうぶかな。

かたづけてるうち、だんだん　はらがたってきた。
かあちゃんや　あかりには、
いつも、いわれっぱなしの　やられっぱなし。
たまには、つよきに　なりたいな。
けど、やっぱり　むり。
かあちゃんは、ひとことというと、
百《ひゃく》ぐらいになって、かえってくるし、
あかりは　すぐないて、
むちゃくちゃ　たたいてくる。

「あーあ。こんなことでは、
ぼく、アカンやん」
じぶんで　じぶんに、ためいきついた。
すると　そのときだ。

「そんなあなたの、ちからになりたい。
わたしのなまえは、ヤカンまん！」
ぼくのうしろで、こえがした。
ふりむくと、
さっき　ぼくがかいてた、
ヤカンまんが　立《た》っていた。

はっ
は

2　すっきりさせなきゃ

「なんで？　なにしに　きたの？」

ぼくがいうと、

「きみのような、こまっている子《こ》を
たすけるため、あらわれたんだ」

「ぼく、なんにも　こまってない」

「いや、わたしには　きこえる。

きみのこころが、さけんでる」

ヤカンまんは、おおげさにいう。
人《ひと》だすけの、おしうりみたい。せっかくだから、
「じゃあ、はやく、
かたづけるのを　手《て》つだって」
すると、
「そうじゃない」
ヤカンまんは　くびをふる。
「きみはもう、さっきの
きもちを、わすれたのか」

「さっきのきもちって？」

「はらがたってきたんだろ。

そのきもち、とじこめては
いけないよ。

すっきりさせなきゃ」

　そして　あたまのヤカンから、
コップになにか、そそいで　出《だ》した。

「さあ、これを　のんでごらん」

トク
トク

手《て》にとって、はなを　ちかづけた。

おもわずのみたくなる、いいにおい。

「これは、〝ちからこぶちゃ〟といって、のめば、ゆうき　百《ひゃく》ばい、ちから　百《ひゃく》ばい、こわいものなしさ」

「でも　ぼく、そんなつもり……」

「まあまあ、ためしに　ひと口《くち》」

そういわれると、つい　手《て》がのびる。

ぼくは、ちからこぶちゃを、のみほした。

すると　なぜだか、
からだが　あつくなってきた。
それだけじゃない。
さっきいじょうに、
ずんずん　はらがたってきた。
かあちゃんのこと、
あかりのこと。
ちくしょう、
ちくしょう。

しんぞうが、
ボコボコ　なっている。
ヤカンの中《なか》で、
ぐつぐつ　おゆが、
にえたぎってるみたいに。
「かたづけなんて、やめ！」
ぼくは、
じぶんに　せんげんすると、
かあちゃんを　さがした。

いた。だいどころ。
「かあちゃん、ぼくとちゃうで！」
かあちゃん、おたまをもったまま、
ぽかんと　ぼくを見《み》た。

「どうしたんや?」

「せやからな、へやを　ちらかしたままにしたの、
ぼくとちゃう。あかりや」

「ああ、そうか。どっちでもいいけど」

かあちゃんは　まるで、
カップラーメンでも　えらぶみたいにいう。

「どっちでもよくない」

「じゃあ、いっしょに　かたづけたらいいやろ」

こんどは、めんどくさそう。

「わかった」

ぼくは　テレビを見《み》ていた、
あかりのところへ　いった。
リモコンをとりあげ、がめんをけすと、
あかりが　にらんできた。
「なにすんの。アニメ　見《み》てたのに」
「へやのかたづけ、してないやろ」
「だって、テレビ　はじまったんやもん」
あかりが、リモコンをとりかえそうと、
かかってくる。

「アカン！　かたづけが　さき。

ぼくのせいにされたんやで。

ぼくは、わるくないのに」

いったとたん、あたまの中《なか》で、
なにかが　ふえみたいに、ピー！っと　なった。

「ほら、かたづけるんや！」

うでをひっぱると、やっぱり　あかり、
むちゃくちゃ　たたいてきた。

「アニメ、さきに　見《み》せて！」

「アカン！　かたづけが　さきや！」
そして、きがついたら、
ぼくは、あかりの　かみのけを
ひっぱっていた。

あかりが、「ぎゃーっ」とさけぶ。

かあちゃんが、はしってくる。

「なにしてんの、しょうた。

だれが　あかりをなかせって、いった」

「おにいちゃん、かみのけ　ひっぱった」

あかりは　なきながらも、
いうことだけは、しっかり　いう。

かあちゃんが　じろっと　にらむ。

「やりすぎと　ちがうか」

「わかってるよ」

ぼくだって、そこまでするつもりは　なかった。

きっと　あの、
〝ちからこぶちゃ〟のせいだ。
へやに　もどると、
ヤカンまんが、
べんきょうづくえの
いすに　すわっていた。
「どうです。
いいたいこと　いったら、
すっきりしたでしょ」

きかれても、　へんじ　できない。
けっきょく、　かあちゃんや　あかりを、
おこらせてしまっただけ。
それは、　ぼくが　やりたかったことじゃない。
いやなきぶんだけが　のこった。
こんなことなら、　アニメを見《み》てから、
いっしょに　かたづけたら　よかった。
やっぱり　ぼく、　アカンやん！

3　いってやれ

にちようび、
スポーツこうえんで、
サッカーのしあいをした。
はしるのは、
けっこう　じしんがある。
「たくと、こっちへ　パス！」
ぼくはさけんで、

ゴールまえに　はしった。
たくとの　けったボールが、
ぐーんと　のびる。
おもいきり　足《あし》をのばす。
「しまった。とどかない」
くつのさきをかすめ、ボールは、
あいてのせんしゅに　わたった。
「あーあ、チャンスやったのに」
みんなのためいきが　きこえる。

けっきょく　ぼくは、
五《ご》かいもパスをもらったのに、
一《いっ》かいも、シュートをきめられなかった。
しあいも、１－３で　まけてしまった。
「しょうた、シュート　はずしすぎ」
「しょうたにパスしても、いみないで」
「まもりのほうが、いいのと　ちがう」
みんなにいわれ、ぼくは　くやしくて　かなしくて、
いっしょにかえるのが、いやになった。

ひとりベンチに、
ねころんで　空《そら》を見《み》た。
「あーあ。ぼくって、
なんで　こんなに
アカンのやろ」
ためいきが　出《で》た。
すると　そのとき、
かぜにのって、
ひゅーっと　きこえた。

「そんなときには、ヤカンまん！」

「わっ、出《で》た！」

どこから　あらわれたのか、
あしもとに、ヤカンまんが　立《た》っていた。
そして　いう。
「そのいかり、
とじこめておくこと、ありません」
「いや、べつに。おこってるわけじゃ」
ぼくが　いいかけると、
「ほんとうに、そうかな。
これを　のんでみれば、きっと　わかるはず」

ヤカンまんは、　あたまのヤカンから、
ちからこぶちゃを、　そそいで　出《だ》した。
「さあ　これを！」
やっぱり　いいにおい。
つい　手《て》がのびて、　ぼくはそいつを、
ごくりと　のんだ。
ヤカンまんは、　にっこりわらって、
「ねえ、　しょうたくん。　さっきの　たくとのパス、
つよすぎたんじゃないかな。

それにみんな、えらそうなこと　いってたけど、
れんしゅうのとき、ふざけてばかりじゃない。
しあいのとき、せっかく　パスをもらっても、
すぐに　とられるし」
ヤカンまんが、じゅもんみたいに　つぶやくと、
そうだそうだと、ぼくの中《なか》で、
だれかが　こぶしをつきあげた。
あたまもからだも、あつくなって、
むかむか　はらがたってきた。

ヤカンまんの　いうとおり。
みんな、なにをえらそうなこと、
いうてんねん！
「ほら、いいたいこと、いってやれ！」
ヤカンまんに、せなかをおされ、
ぼくは　かけだした。
しばらくはしると、たくとのすがたが　見《み》えた。
ちょうど、はしを　わたっているところ。

「まて、たくとー」
いきをきらして　おいつくと、
いきなり　ことばが、
口《くち》から　とび出《だ》した。
「ぼくのせいと、ちゃうで！」

「えっ、なに　いうてんの？」
ぼくは、めちゃくちゃ
おこっているのに、
たくとは、きょとん。
ぜんぜん、つうじてない。

そうおもうと、よけい　はらがたつ。
「そやから、おまえのパスが　わるいねん。
れんしゅうのときかて、みんな、ふざけてばっかり。
しっぱいしても、へらへら　わらってるくせに」
「たしかにそうやな。
これから　もっと、まじめに　れんしゅうしよう」
たくとが、あんまり　あっさり　みとめるから、
ぼくのいかりは、ゆきばをなくした。
きっと　そのせいだ。

「なに　いうてんねん。
おまえみたいな　へたくそと、
もう、れんしゅうなんか　したくない」
どなりつけてしまった。

(あっ、えらいこと、いってしまった)
おもったけど、おそかった。
たくとは　いっしゅん、ほんきで　にらむと、
「じゃあ、しかたない。いこいこ」
みんなといっしょに、あるきだした。
(いまの、うそや。いかんといて)
こころの中《なか》で　さけんだけど、もう　おそかった。
みんなのすがたが　きえるまで、
いっぽも　そこから、うごけなかった。

4　わたしをうみだしたのは

いえにかえると、ヤカンまんが、
ぼくのベッドに　ねころがり、
まんがの本《ほん》を　よんでいた。
のんきに、口《くち》ぶえまで　ふいて。
「どうでした。むねのつかえが、
すーっと　おりたでしょ」
「そのはんたい。なかまが　みんな、

いなくなって　しまったやん」
「いいじゃない。
なかまなんか　いなくても」
「ひとりで、サッカーは　できんやろ」
それでもヤカンまんは　へいきなかお。
「そんなこと　いってるから、
みんなから、なめられるんですよ」
「もう、どうでもいいから、
ぼくのまえから　きえて！」

どなっても、ヤカンまんには　つうじない。
それどころか、
「かってなこと　いわれても、
わたしをうみだしたのは、
しょうたくん　なんだからね」
「それなら、あのえを、やぶってやる」
ぼくは、ベッドの下《した》から、
スケッチブックを　ひっぱり出《だ》した。
このへんに　かいたかな、とめくるけど、

「あれ？　ヤカンまんが　きえてる」

かおをあげると、ヤカンまんが　こっちを見《み》てた。

「ここにいるわたしが、そんなところに、
いるわけないでしょ」

とくいげに、わらう。

「じゃあ、もどってよ」

「もどりませんよ」

ぼくは　ベッドから、ヤカンまんを、
ひきずりおろそうとした。

からだの大《おお》きさは、ぼくと

かわらないくせに、ばかぢから。

「もどって！」

「もどりません！」

「たのむから！」

「やだよ！」

いいあってたら、ドアが　あいた。

「おにいちゃん、どうしたん？」

あかりの、しんぱいそうなかおが　のぞく。

そして、ヤカンまんを　見《み》てきく。

「この、へんなかおの人《ひと》、だれ？」

「なんて　しつれいな。

きみのような、わがままな子《こ》から、
おにいさんを　たすけるため、やってきたんだ」

ヤカンまんは、あかりを　にらみつけた。

「わたし、わがままじゃない」

「いや、わがままだ」

こんどは、あかりとヤカンまんが、いいあらそう。

ヤカンまんは、どうも　けんかが、すきみたい。

「あかりは、わるくないで」
ぼくが　さけぶと、ヤカンまんは、
「おやっ？　そんなはず　ないでしょ。
ほら、これをのんで、おもい出《だ》して」
ヤカンまんは、あたまをかたむけ、
ちからこぶちゃを　そそぐ。
ぼくは、ヤカンまんがさし出《だ》したコップを　とった。
うーん、やっぱり　いいにおい。
でも　だまされないぞ。

なかみを、まどの外《そと》へすてた。

「な、なんてことを」

「そんなもの、もう、
にどと　のまないよ」
「まあいい。
そのうち　また、
のみたくなるさ」
　そして　ヤカンまんは、
ゆうやけぞらに、
マントをひるがえし、
とんでいった。

まどをしめて、ぼくは　ヤカンまんのことを
あかりに　せつめいした。
はなしているうちに、
あのとき　かみのけをひっぱって、
ほんとうに、わるかったって　おもえてきた。
「ごめんな、あかり。
このまえ　らんぼうなことして」
「さきに、かたづけんかった、
わたしが　わるいねん」

あかりは、
そういって　わらってくれた。
ぼくも、
つられて　えがおになった。
ぼくがほしかったのは、
このきもち。
そして　このえがお。
ちからやことばで、
だれかを、　こてんぱんに

やっつけることじゃない。

ましてや、きずつけることでも。

それにしても、こまったな。

ほっといたら　ヤカンまん、ずっと　あらわれそう。

「どうしたらいいかな、あいつ」

すると、

「わたしに　まかせて」

あかりは、スケッチブックと　クレヨンをもって、
じぶんのへやへ　いった。

つぎの日《ひ》、学校《がっこう》へいくと、
ぼくは　まず、たくとに　あやまった。

たくとは、すぐ　ゆるしてくれた。

「あんなこと、おもっても　なかったのに」

ぼくがいうと、

「きのうの　しょうた、べつじん　みたいやった。

こーんな　かおして」

たくとが、へんなかおして　わらわせた。

「そんな　オニみたいな　かお、してないよ」

するとほかのともだちも、
かおまねして、わらいあった。
やっぱり、なかまって　いいな。

5　アカンやん、ヤカンまん

いえにかえると、あかりが　げんかんで、
うれしそうに　まっていた。
「おにいちゃん、こっち　きて。しずかにな」
ぼくが　くつをぬぐと、
「ランドセルも、そこへ　おいて」
あかりの　ちゅうもん。
ぼくは　ランドセルを、かたから　はずした。

あかりにひっぱられ、
じぶんのへやの　ドアのまえに　いく。
すると　中《なか》から
こえが　きこえてきた。
「いったい、どれだけ、
ひとにめいわくかけたら
きがすむの！」

きこえるのは、おとなの　女《おんな》の人《ひと》のこえ。

でも、かあちゃんとは　ちがう。

「ごめんなさい。もう　しません」

あやまっている　あのこえは、もしかして……。

ぼくは　そうっと、ドアをあけた。

「あっ、ヤカンまん」

ヤカンのあたまが、しゅんと　うなだれている。

そして、ヤカンまんの　まえにいたのは、
ポットみたいなかおの、女《おんな》の人《ひと》。

「あのひと、
わたしが　つくったの。
ポットママって　いうねんで。
ヤカンまんのおかあさんで、
けっこう　きびしいねん」
きっと、
スケッチブックにかいて、
よびだしたんだ。
くくくくっと、　あかりが　わらう。

たのしくて、しかたがないみたい。

それにしても、ヤカンまん、
ずっと　あやまりっぱなし。

「アカンやん、ヤカンまん」

おもわず　いってしまった。

すると、ポットママが　きがついて、
こっちをむいた。

「あっ、かえってきたのね」

ぼくとあかりが、へやへはいると、

「うちの子《こ》が、よけいなことして、ごめんなさいね。
きびしく　いっときましたから、ゆるしてあげて」
「ごめんね　しょうた。
みんなとけんか、させちゃって」
ヤカンまんが、あたまをさげた。
「だいじょうぶ、なかなおりできたから。
それに　ヤカンまんのおかげで、
すっごい　ひっさつわざ、みつけたんだ」
「そう……それはどうも……」

「あれ、げんきないな、
ヤカンまん。
こんなときこそ、
ちからこぶちゃ、
のんだら」
　ぼくがいうと、
ヤカンまん、
「それは、いわないで」
と、かおを　あかくした。

ヤカンまんとポットママは、
さよならをいうと、まどから　とんでいった。

「おやつでも、たべようか」

あかりにいったそのときだ。

「しょうた！　げんかんに、
ランドセル　おきっぱなしやで！」

かあちゃんのこえ。

「はあーい！」

ぼくは　はしった。

「ごめんな　かあちゃん。すぐに　かたづける」
ぼくは、ランドセルをかつぐと、
わらってみせた。

「あらあら、りっぱな　おへんじで」

かあちゃんが　わらう。ぼくも　うれしい。どうだ。これぞ　ひっさつ〝ほほえみがえし〟。

と、おもったら、

「それより、さっき　たくとくんとあったけど、きょう　テスト、かえしてもらったんやて」

「いや、あの、それが……」

しぶしぶ、ランドセルから、とうあんようしを　出《だ》した。

「はい、これ」

「三十五《さんじゅうご》てんかあ」

かあちゃん、じろり、こっちを　見る。

空気《くうき》がもれ出《だ》した、ふうせんみたいに、

きゅうに　きもちが、しぼんでいく。

「あーあ、アカンやん、ぼく」

ぼくは　おもわず、ためいきをついた。

もちろん、

ヤカンまんには、きこえないように。

おしまい

村上しいこ

三重県松阪市在住。『かめきちのおまかせ自由研究』（岩崎書店）で第37回日本児童文学者協会新人賞、『れいぞうこのなつやすみ』（PHP研究所）で第17回ひろすけ童話賞、『うたうとは小さないのちひろいあげ』（講談社）で第53回野間児童文芸賞を受賞。『やあ、やあ、やあ！ おじいちゃんがやってきた』（BL出版）、「日曜日シリーズ」（講談社）「わがままおやすみシリーズ」（PHP研究所）など多数。

山本 孝

1972年愛媛県松山市に生まれる。大阪デザイナー専門学校編集デザイン科絵本コース卒。「あとさき塾」「メリーゴーランド絵本塾」で絵本を学ぶ。作品に『十二支のおはなし』『ちゃんがら町』『おばけのきもだめし』（岩崎書店）、『本所ななふしぎ』『学校ななふしぎ』（偕成社）、『むしプロ』『カイジュウゴッコ』（教育画劇）、『ぬ～くぬく』（農文協）、『祇園精舎』『アブナイかえりみち』『アブナイおふろやさん』（ほるぷ出版）、『にんじゃつばめ丸』（ブロンズ新社）、『しんかいたんけん！ マリンスノー』（小峰書店）などがある。
http://yotsubaya.petit.cc/

アカンやん、ヤカンまん

2016年2月1日　第1刷発行

作＝村上しいこ
絵＝山本 孝
デザイン＝細川 佳
発行者＝落合直也
発行所＝BL出版株式会社
〒652-0846
神戸市兵庫区出在家町2-2-20
TEL 078-681-3111
http://www.blg.co.jp/blp
印刷・製本＝丸山印刷株式会社

Printed in Japan
NDC913 80P 22×16cm
ISBN978-4-7764-0755-3 C8393